AF290148

L'ordinatueur

FichesdeLecture.com

L'ORDINATUEUR (FICHE DE LECTURE)   4

I. INTRODUCTION

II. RÉSUMÉ

III. PERSONNAGES

Laure-Gisèle/Logicielle

Germain Germain-Germain

Max

IV. AXES DE LECTURE

Les dangers de l'informatique

Le problème des pillages d'œuvres d'art

La mythologie au service des crimes modernes

DANS LA MÊME COLLECTION EN NUMÉRIQUE   11

À PROPOS DE LA COLLECTION   14

L'ordinaTueur
(Fiche de lecture)

I. INTRODUCTION

Christian Grenier est un auteur français né en 1945 à Paris. Issu d'une famille passionnée de théâtre (ses parents étaient comédiens), il veut lui aussi devenir acteur. Mais lorsque ses parents refuseront, il s'orientera plutôt vers des études de lettres. Devenu enseignant, il anime des clubs d'astronomie, de science-fiction et de théâtre au sein des établissements qu'il fréquente. En 1972, il publie son premier roman : *La Machination*. Le livre obtient le prix ORTF et un succès considérable : il marque le début de la carrière d'écrivain de l'auteur. En 1990, il quitte définitivement l'enseignement pour se consacrer à l'écriture à temps plein. Ses ouvrages de jeunesse connaîtront un succès considérable et il sera publié dans pas moins de dix maisons d'édition différentes. Il vit aujourd'hui dans le Périgord, et continue d'exercer sa passion à plein temps.

L'Ordinatueur paraît pour la première fois aux éditions Rageot en 1997. Considéré comme l'un des premiers « polars informatiques », il fait partie de la série *Les Enquêtes de Logicielle,* du nom de l'héroïne principale. Laure-Gisèle est une policière spécialisée en informatique (d'où son surnom) qui est confrontée à divers crimes a priori inextricables, mais qui finit toujours par trouver le coupable. Elle est souvent accompagnée de Germain Germain-Germain, son ancien maître de stage lorsqu'elle n'était que stagiaire, et Max, un collègue du commissariat. Dans ce livre, elle est confrontée à un mystérieux ordinateur, l'OMNIA 3, ainsi qu'à de sombres logiciels mal intentionnés...

II. RÉSUMÉ

Logicielle, en poste à Paris, apprend par son ami Germain Germain-Germain que des crimes étranges ont eu lieu dans le Périgord. Trois personnes ont été retrouvées mortes devant leur ordinateur. La jeune policière décide alors de se rendre sur place de sa propre initiative. Elle découvre que les trois victimes utilisaient un OMNIA 3 (un ordinateur qui obéit à la voix et à l'œil de son utilisateur) et qu'elles avaient toutes trois pris des amphétamines. Un autre point commun : toutes les victimes sont des collectionneurs d'art, et le dernier logiciel qu'elles ont utilisé (mais qui a été effacé) s'appelait LTPG. De retour à Paris, son supérieur lui ordonne désormais de rester dans son commissariat. Mais les choses bougent lorsqu'un homme est découvert mort devant son ordinateur, à Paris cette fois…

Le crime est exactement semblable aux autres, et Logicielle découvre que la victime était, elle aussi, originaire du Périgord… L'enquête progresse lentement. En tout, ce sont finalement six meurtres qu'il faut élucider. Un soir, Logicielle reçoit la visite du PDG de Neuronic Computer France, la société qui fabrique les OMNIA 3. Déçu de voir son nom associé à des crimes, le créateur de la société décide de donner un tel ordinateur à la jeune policière pour qu'elle puisse progresser dans son enquête. Une fois le vieil homme parti, l'informaticienne se met au travail, et configure son petit bijou de technologie pour qu'elle n'ait à le diriger que par les yeux et la voix. Entretemps, elle continue de chercher le programme LTPG, mais sans succès… Jusqu'au jour où elle trouve une adresse de téléchargement dans l'agenda d'une des victimes. Cependant, lorsqu'elle s'y connecte, le délai est dépassé depuis trop longtemps, et elle ne peut plus y avoir accès….

C'est alors qu'un internaute les contacte. Il a vu leurs recherches, et leur transmet le programme LTPG. Lui n'arrivait pas à comprendre comment il fonctionnait, de toute façon. Il l'avait reçu par un ami d'un ami, mais il pense que le logiciel est endommagé. Quand Logicielle lance LTPG, elle se fait la même réflexion : à part une musique médiévale et un écran figé de couleurs diverses, elle ne trouve rien dans le programme… Les chercheurs spécialistes de Neuronic Computer France n'y comprennent rien non plus. Logicielle décide alors de se laisser emmener au Futuroscope de Poitiers par son ami Max. Elle y passe une journée de détente, et en profite pour se reposer de cette enquête si prenante... Mais avant de partir, son attention est retenue par quelque chose dans la vitrine du magasin de souvenirs.

Elle fixait tranquillement un livre sur le présentoir quand elle a vu apparaître un lézard au-dessus. Il s'agissait en fait d'un assemblage de couleurs qui, lorsqu'on le fixe d'une certaine façon, prend une forme tout à fait reconnaissable. Logicielle comprend alors qu'il s'agit du même procédé pour LTGP. En rentrant, elle teste à nouveau le programme. Elle parvient alors à voir se dessiner un grand château médiéval sur son écran, ainsi que la phrase « La Tour Prend Garde » sur un des murs. Elle comprend alors qu'il s'agit des initiales de LTGP. Logicielle décide alors d'explorer le château au seul moyen de son œil, car l'OMNIA 3 enregistre les mouvements de sa rétine comme des commandes de jeu vidéo.

Lorsqu'elle rentre dans le château, une voix retentit, celle de « Pyrrha ». Elle explique qu'il existe de nombreux trésors dans les châteaux de la région, et qu'il va expliquer au joueur comment faire pour les voler. Mais pour cela, ils doivent explorer le château en évitant ses pièges. Logicielle commence alors à explorer le château, en recommençant de nombreuses fois la partie dès le début. Cela l'épuise et elle comprend alors pourquoi les victimes prenaient des amphétamines. De plus, elle découvre dans le château des objets qu'elle a déjà vu chez certaines victimes : des meubles, des décorations, etc. Un soir cependant, elle parvient à pénétrer dans le parc par un autre chemin : une grotte menant aux oubliettes. Mais elle est stoppée net par la voix de Pyrrha, qui lui ordonne de s'arrêter là. Elle n'y comprend plus rien...Pendant ce temps, Germain découvre que le château du jeu est la copie d'un édifice réel : le château de Grimoire. Logicielle décide alors de rejoindre son vieil ami et part pour le Périgord...

Arrivée sur place, elle reconnaît le bâtiment, mais il semble délabré, et toutes les œuvres qu'il contenait ont été pillées... Et ce pillage a eu lieu bien avant le lancement de LTPG. Germain présente alors Logicielle à la présidente du comité de défense du château, qui lui explique que l'édifice a appartenu à un certain Monsieur de Chiron, mais qu'il a depuis lors été laissé à l'abandon. La jeune policière est alors convaincue que le coupable est un féru d'informatique vivant dans la région. Ils commencent donc à écumer les magasins d'ordinateurs pour essayer de trouver quelqu'un qui pourrait les aider. Un gérant leur apprend qu'il connaissait bien un petit génie de l'informatique, dénommé « le petit Vidal », mais qu'il ne travaille plus là. De plus, Max, resté à Paris, découvre que, dans la mythologie grecque, Chiron est le père de Pyrrha.

L'enquête s'accélère alors. « Le petit Vidal » n'est autre qu'Achille Vidal, le fils caché de Mr de Chiron et de Mme Vidal, la veuve d'une des victimes. Pyrrha est en outre le pseudonyme d'Achille dans la mythologie grecque... Tout s'éclaire alors : Achille Vidal, bouleversé de voir le château de son père pillé, a créé un logiciel pour piéger les pilleurs. Ceux qui l'utiliseraient deviendraient fous à force de vouloir découvrir le trésor, et mourraient d'une crise cardiaque à cause d'un violent effort en fin de jeu. Mais Achille est mort à présent, et c'est bien ce qui a failli arriver à Max, resté à Paris, qui a presque terminé le jeu de son côté. Le livre se clôt sur une confession d'Achille-Pyrrha que Logicielle recueille en explorant à nouveau le château de LTGP...

III. PERSONNAGES

Laure-Gisèle/Logicielle

Laure-Gisèle, ou Logicielle, est l'héroïne principale du roman. C'est une jeune enquêtrice déterminée, qui persévèrera toujours jusqu'à trouver la solution aux énigmes qu'on lui propose. Elle est passionnée, vive et dynamique. C'est d'ailleurs pour ces raisons qu'elle est beaucoup demandée dans les services de police où elle travaille. Son acharnement au travail et sa vivacité d'esprit en font une collègue remarquable. Mais cette médaille à son revers. En effet, elle est parfois si déterminée qu'elle en oublie de respecter les consignes élémentaires... Dans *L'Ordinatueur*, elle se rend sans ordre de mission dans le Périgord pour enquêter sur les OMNIA 3, mais cela n'est pas du tout du goût de son chef. Elle sera ainsi assignée au commissariat jusqu'à nouvel ordre... Mais son esprit brillant ne demeurera pas longtemps sans énigmes, et elle se verra bien vite confier l'enquête.

Une de ses qualités principales, comme l'indique son surnom, est sa maîtrise de l'informatique. Véritablement douée, elle est capable de gérer n'importe quel programme si on lui demande. Ce n'est d'ailleurs pas par hasard que c'est à elle qu'on fait appel dans une sombre histoire de « meurtre par ordinateur ». Mais, encore une fois, cette aptitude brillante se double d'un côté plus négatif. En effet, à cause de ses faibles revenus,

Logicielle travaille toujours sur une vieille machine. Elle est d'ailleurs ravie de recevoir un OMNIA 3 de la part du patron de l'entreprise qui les fabrique. En somme, Laure-Gisèle est une « super-flic » sans vraiment l'être. Elle possède des capacités bien au-dessus de la moyenne, mais également des défauts et des contraintes ordinaires qui font d'elle une héroïne à la fois brillante et proche des lecteurs... Il conviendra également de s'arrêter sur sa relation avec Max dans la partie concernant ce dernier.

Germain Germain-Germain

Germain Germain-Germain est un inspecteur de police du Périgord, ancien maître de stage de Logicielle et actuel ami de cette dernière. Parfois peu dégourdi en termes de progrès technologique, il incarne par excellence l' « ancienne école » de la police française. Profondément attaché à son Périgord natal, il est d'une grande utilité en termes de recherches biblio-graphiques, historiques ou géographiques. Il possède en effet une mémoire et une culture générale tout à fait impressionnantes. Il est donc à la fois celui qui stimule et aguille Logicielle dans ses enquêtes. C'est à la fois un père, un grand-père et un ami pour la jeune policière surdouée.

Max

Max est un jeune policier, collègue de Logicielle. Il semble profondé-ment amoureux d'elle, mais cela ne semble pas réciproque... Au début du moins. Dès l'entame du livre, il apparaît en effet comme un dragueur pathétique, lourd et peu intéressant au possible. Mais il va progressivement s'affirmer, et séduire Logicielle. Il va ainsi tenter de l'approcher de manière plus subtile, pour ne pas la braquer, et va faire montre de tous ses talents fantaisistes pour se faire aimer de la jolie informaticienne surdouée. Cette dernière, assez réticente au début, va finir par tomber sous le charme de son collègue. Bien qu'il n'en soit pas fait explicitement mention dans ce livre (mais bien dans ceux qui suivent) Logicielle et Max vont tomber amoureux et leur amour sera au centre de nombreuses aventures...

IV. AXES DE LECTURE

Les dangers de l'informatique

L'Ordinatueur s'articule autour de deux axes principaux: les dangers de l'informatique et le problème des pillages d'œuvres d'art. Le premier thème est également le principal. En mettant en scène un monde pas si lointain, Christian Grenier nous démontre que l'informatique n'est pas toujours un bien pour tout le monde. En effet, en présentant au lecteur les dérives de l'OMNIA 3, un ordinateur prétendument révolutionnaire, l'auteur nous met en garde contre les problèmes que peut engendrer un usage particulier de l'informatique. Dans ce cas, les issues malheureuses sont exagérées, mais uniquement dans le but de faire prendre conscience de la gravité du problème. En effet, nous ne sommes pas encore arrivés à un point où les ordinateurs deviendront des *ordinatueurs*, mais nous n'en sommes plus si loin, selon l'auteur. En détaillant avec précision et attention la mise en place du plan diabolique de Pyrrha, Grenier nous fait en effet comprendre que toutes ces techniques ne sont pas impossibles à mettre en place...

Dès lors, on peut lire *L'Ordinatueur* comme une satire de la technologie moderne, tout en restant bien conscient que ce n'est pas le progrès en lui-même qui est à remettre en doute, mais bien son utilisation. En effet, c'est également en utilisant un ordinateur que Logicielle résout ses enquêtes. De ce fait, l'auteur nous propose une morale bien ancrée, sans pour autant verser dans un déterminisme trop dangereux pour son œuvre.

Le problème des pillages d'œuvres d'art

L'autre versant du livre, c'est la réflexion qu'il suscite quant au pillage d'œuvres d'art. Évidemment, il n'est pas difficile de critiquer cette activité, mais l'auteur nous la rend encore plus détestable en l'associant à une sombre histoire de famille déchirée. En mêlant à la fois des éléments artistiques à des composantes sociales, il fait du pillage d'œuvres d'art non seulement un délit, mais également une abomination humaine. On comprend dès lors aisément la volonté de l'auteur : en nous présentant cette histoire terrible, il enjoint le lecteur à ne pas faire de même. Et, en mêlant cela au caractère informatique de l'ouvrage, on peut tout à fait lire *L'Ordinatueur* comme une violente critique du pillage, d'art ou bien informatique. Il pourrait donc s'agir d'une métaphore du téléchargement illégal, délit bien plus proche du quotidien des lecteurs que le pillage d'œuvres d'art dans un château abandonné…

La mythologie au service des crimes modernes

À un niveau plus stylistique que thématique, il est également intéressant de s'arrêter sur les motifs mythologiques qui jalonnent l'œuvre. Pyrrha, pseudonyme d'Hercule, fils de Chiron, etc. Mais également la « porte de sortie » du château. En effet, lorsque Logicielle veut sortir de l'édifice virtuel, elle doit fixer pendant un certain temps un coffre où figurent des motifs mythologiques. Ce faisant, Grenier, ancien professeur, injecte des composantes purement littéraires et traditionnelles dans son roman. Il va ainsi donner à son histoire, a priori simplement contemporaine, un écho ancien, bien plus mystique. Le but est alors complètement atteint : faire que cette sombre histoire d'ordinateurs meurtriers prenne un tour beaucoup plus légendaire, et passe du simple roman de jeunesse à la métaphore informatique de la culture mythologique grecque…

Dans la même collection en numérique

Les Misérables
Le messager d'Athènes
Candide
L'Etranger
Rhinocéros
Antigone
Le père Goriot
La Peste
Balzac et la petite tailleuse chinoise
Le Roi Arthur
L'Avare
Pierre et Jean
L'Homme qui a séduit le soleil
Alcools
L'Affaire Caïus
La gloire de mon père
L'Ordinatueur
Le médecin malgré lui
La rivière à l'envers - Tomek
Le Journal d'Anne Frank
Le monde perdu
Le royaume de Kensuké
Un Sac De Billes
Baby-sitter blues
Le fantôme de maître Guillemin
Trois contes
Kamo, l'agence Babel
Le Garçon en pyjama rayé
Les Contemplations

Escadrille 80

Inconnu à cette adresse

La controverse de Valladolid

Les Vilains petits canards

Une partie de campagne

Cahier d'un retour au pays natal

Dora Bruder

L'Enfant et la rivière

Moderato Cantabile

Alice au pays des merveilles

Le faucon déniché

Une vie

Chronique des Indiens Guayaki

Je voudrais que quelqu'un m'attende quelque part

La nuit de Valognes

Œdipe

Disparition Programmée

Education européenne

L'auberge rouge

L'Illiade

Le voyage de Monsieur Perrichon

Lucrèce Borgia

Paul et Virginie

Ursule Mirouët

Discours sur les fondements de l'inégalité

L'adversaire

La petite Fadette

La prochaine fois

Le blé en herbe

Le Mystère de la Chambre Jaune

Les Hauts des Hurlevent

Les perses

Mondo et autres histoires

Vingt mille lieues sous les mers

99 francs

Arria Marcella

Chante Luna

Emile, ou de l'éducation
Histoires extraordinaires
L'homme invisible
La bibliothécaire
La cicatrice
La croix des pauvres
La fille du capitaine
Le Crime de l'Orient-Express
Le Faucon malté
Le hussard sur le toit
Le Livre dont vous êtes la victime
Les cinq écus de Bretagne
No pasarán, le jeu
Quand j'avais cinq ans je m'ai tué
Si tu veux être mon amie
Tristan et Iseult
Une bouteille dans la mer de Gaza
Cent ans de solitude
Contes à l'envers
Contes et nouvelles en vers
Dalva
Jean de Florette
L'homme qui voulait être heureux
L'île mystérieuse
La Dame aux camélias
La petite sirène
La planète des singes
La Religieuse

À propos de la collection

La série FichesdeLecture.com offre des contenus éducatifs aux étudiants et aux professeurs tels que : des résumés, des analyses littéraires, des questionnaires et des commentaires sur la littérature moderne et classique. Nos documents sont prévus comme des compléments à la lecture des oeuvres originales et aide les étudiants à comprendre la littérature.

Fondé en 2001, notre site FichesdeLectures.com s'est développé très rapidement et propose désormais plus de 2500 documents directement téléchargeables en ligne, devenant ainsi le premier site d'analyses littéraires en ligne de langue française.

FichesdeLecture est partenaire du Ministère de l'Education du Luxembourg depuis 2009.

Plus d'informations sur www.fichesdelecture.com

© FichesDeLecture.com
Tous droits réservés
www.fichesdelecture.com

ISBN: 978-2-511-02947-3

Notes :